D0251561

Adaptado por Teddy Margulies
Dibujos de Carolyn Bracken
Coloreado por Sandrina Kurtz

Basado en la serie de libros de Scholastic: Clifford el gran perro colorado escritos por Norman Bridwell

Del capítulo de televisión
"Un conejo en un pajar",
por Anne-Marie Perrotta y Tean Schultz

SCHOLASTIC INC.
Nueva York Toronto Londres Auckland Sydney México
Nueva Delhi Hong Kong

ISBN 0-439-25039-0

Library of Congress Cataloging-in-Publication Data available

10 9 8 7 6 5 4 3 2 1 01 02 03 04 05

Printed in the U.S.A. 24
First Scholastic Spanish printing, March 2001

—Wally, te presento a Clifford
—dijo Emily Elizabeth—.
Clifford, te presento a Wally.

—Wally es el conejito

de nuestra clase —le explicó—.

Este fin de semana me toca

a mí cuidarlo.

—Pero ahora tengo que salir.
¿Podrías quedarte en casa
y cuidar a Wally?

Clifford meneó el rabo y ladró que sí.

—Gracias —le dijo Emily Elizabeth

y se marchó.

Cleo y T-Bone fueron
a visitar a Clifford y
Clifford les presentó
a Wally.

—Es muy bonito

—dijo Cleo—.

¿Podemos sacarlo y

jugar con él?

—¿Por qué no? —respondió Clifford—. ¿Qué problema puede causar un pequeño conejito? —y abrió la jaula.

Wally encogió la naricita, meneó los bigotes y salió de la jaula.

Bajó de la mesa de un salto

y empezó a dar saltitos.

Salta-que-te-salta se fue alejando y Clifford y sus amigos salieron como un rayo detrás de él.

Wally atravesó el patio

y se metió en un tronco hueco.

T-Bone lo persiguió y se metió

en el tronco también.

Wally se escapó por
la otra punta del
tronco, pero T-Bone
se quedó trabado.

Sólo había una

solución.

Clifford respiró

profundo y...

¡Fua!

T-Bone salió volando.

Pero, ¿dónde estaba Wally? Los tres perros empezaron a correr y a buscar por todas partes.

—¡Allí está!

—dijo Clifford.

—¡Qué lejos está!

—dijo Cleo—.

¡Corre rapidísimo!

Clifford, Cleo y T-Bone
corrieron lo más rápido
que pudieron, pero Wally
era más rápido que ellos.

—¿Dónde se metió?

—preguntó T-Bone.

—No sé —respondió Clifford.

—Creo que sé a dónde iría si yo fuera un conejo —añadió.

Clifford, Cleo y T-Bone
corrieron a toda velocidad
hasta la huerta del señor
Green y allí estaba Wally.

—Nunca va a querer irse de aquí —dijo Cleo— y yo estoy demasiado cansada para capturarlo y llevármelo.

—¡Tengo una idea!

En vez de capturar a

Wally, “capturaremos”

una zanahoria

—dijo Clifford.

Wally siguió a Clifford

hasta la casa.

Clifford lo guió hasta
que estuvo dentro de
su jaula y entonces le
dio la zanahoria.

—Nunca pensé que un
conejito tan pequeño
pudiera armar tanto lío
—dijo Cleo.

Justo en ese momento

llegó Emily Elizabeth.

—Gracias por cuidar a

Wally —les dijo.

—Pobrecito Wally, lleva todo el día encerrado en su jaula —dijo—. Creo que lo voy a dejar salir.

Emily Elizabeth abrió la puerta.

—¿Por qué no juegan con él

mientras yo le limpio la jaula?

—Después de todo, ¿qué problema puede causar un pequeño conejito?

¿Te acuerdas?

Encierra en un círculo la respuesta correcta.

1. Wally era de...
   a. la mejor amiga de Emily Elizabeth.
   b. la abuela.
   c. la clase de Emily Elizabeth.

2. Clifford, Cleo y T-Bone encontraron a Wally en…
   a. el cine.
   b. la huerta del señor Green.
   c. la huerta del señor Brown.

¿Qué pasó primero?
¿Qué pasó después?
¿Qué pasó por último?
Escribe 1, 2 ó 3 en el espacio en blanco después de la oración correspondiente.

Clifford guió a Wally hasta la casa con una zanahoria. ________

Wally se escapó. ________

Emily Elizabeth le pidió a Clifford que cuidara a Wally. ________

Respuestas:

1-c; 2-b.
Emily Elizabeth le pidió a Clifford que cuidara a Wally. (1)
Wally se escapó. (2)
Clifford guió a Wally hasta la casa con una zanahoria. (3)